그케 되았지라

박상률

시인의 말

어릴 때 향리의 노인들은
'말이 그렇다는 말이다'는 말과
'말이 말한다'라는 말을
자주 하셨다.

커서 보니,
독일의 철학자 하이데거도 진지하게
'말이 말한다'고 했더라.

다들 말하는 입과 속내가 다르다는 뜻 아닐까?
그래서 절집의 선가에선 아예 언어와 문자를 내치는
불립문자不立文字*를 주창했으리라.

나는 말을 내치지 못 하고
시집을 또 엮는다….

2024년 여름 무산서재無山書齋에서
박상률

* 불도의 깨달음은 마음에서 마음으로 전하는 것이므로 말이나
글에 의지하지 않는다.

그케 되았지라

차례

1부 싸묵싸묵 천천히

그케 되았지라   11

큰손님   12

책   13

마중   14

느림   15

스폰지 차   16

저승은 멀다   17

나 먼야 죽지 말게   18

간병 기술   20

미운 애기   21

아이고 편하다!   22

으째 이케 안 죽어진디야!   23

노모의 전화   24

2부 기다린 시간 기다릴 시간

부모　　　　　　　　　　　　27

밀랍 인형　　　　　　　　　28

노모의 걱정　　　　　　　　29

기도　　　　　　　　　　　30

젯밥 염불　　　　　　　　　32

그리움　　　　　　　　　　33

한글 세대 김현　　　　　　34

조금난리의 여름　　　　　36

휴, 배, 부, 르, 다　　　　　37

진도 옥천극장　　　　　　38

무화과　　　　　　　　　　39

기다림　　　　　　　　　　40

3부 먼지의 도망

먼지	43
시어머니와 며느리	44
사람 동물	46
쥐 잡기	48
매생이	49
멍	50
소와 꽃뱀과 낙지	52
여름의 그림자	53
칼치, 갈치	54
뭐라고?	55
얼굴	56
소나기	57
조도바	60

4부 눈사람 되어 서 있다

말   65

한글날   66

촛불   68

미련   69

재미   70

아우라   71

미우면 다시 한 번   72

조문   73

한용운과 최남선   74

가슴 아프게   75

눈사람   76

겨울을 나며   78

해설

유연하고 속 깊은 성찰의 세계   82

—정우영(시인)

1부
싸묵싸묵 천천히

그케 되았지라

아버지의 옛 친구가
아버지 돌아가신 줄 모르고 전화했다.
어머니가 전화 받자 안부 나눈 뒤
친구 바꿔 달라고 했다

산에 있어 전화 못 받지라
언제쯤 돌아온다요?
안 돌아오지라. 인자 산이 집이다요
예? 그람, 죽었단 말이요?
그케 되았지라

큰손님

병상의 아버지
돌아가시기 얼마 전
병원 침대에서 누운 채로 기저귀에 똥 싸면
민망해하시면서 어머니한테

집에 큰손님 왔네…

세월 지나 병원 생활이 일상이 된 구순 노모,
어머니는
집에 큰손님 오신 줄 모른다.

책冊

아버지 서재 정리하다가
책 곽 짝 찾아 넣고
백과사전, 역사 사전
전후세계 명작집
수상작품집
고가연구
우리말본
하나씩 살펴보는데 문득
거대한 책이 무너졌다, 는 생각이 들었다
아버지 이제
산에 책冊으로 누워 계신다

마중

맨드라미꽃
벼슬 붉어
닭 벼슬마냥 붉어
초가을 햇살에 녹아나는 날
뒷집 할머니
꽃상여 타고 가셨다
뒷산으로
뒷산으로
뒷산으로
오래전 뒷산에 가신 할아버지
아직 안 돌아오셨다
할머니 꽃상여 보면
마중 나오시려나

느림

비 오는 아침, 오전에 강의가 있어 차를 몰고 골목길을 돌아 나가는데 골목 한가운데에 한 할아버지가 쓰러져 있다. 그 곁에서 할머니는 할아버지를 일으켜 세우려고 안간힘을 쓰고 있었다. 차를 세운 뒤 곧장 노인 분들께 다가가 할아버지를 부둥켜안아 일으켜 세웠다. 우산을 안 써도 될 만큼 비는 소강 상태였다. 근데 두 분은 각각 장우산 하나씩을 펼친 채 내동댕이쳐 놓고 있었다. 골목 벗어나면 바로 있는 병원에 가신다고 해서 차로 모셔다 드리겠다고 했지만 노인 분들은 굳이 마다하셨다. 골목만 나가면 바로 병원이니까 싸묵싸묵 천천히 가면 된다고 해서 나는 할아버지 우산을 접어 지팡이 대신 짚으시라 하고 차를 출발시켰다. 차를 몰고 가는 내내 할아버지의 어눌한 발걸음이 눈에 밟혔다. 하지만 낯선 사람의 차를 타고 빨리 가는 것보다 느리더라도 천천히 가는 것이 마음이 더 편해서 그랬을 거라고 애써 자위했다.

스폰지 차

고향집 마당에
스포티지 차 몰고 들어서자 차 앞에
북어 실타래 놓고
술상 차려 빌고

막걸리 부어 주며
무사고 기원하시는 어머니
오십 다 되어서야 내 이름 달고 산 차
후반 인생 보드라워야 한다고
스폰지가 물 빨아들이듯
어려움 닥쳐도 보드라워야 한다고
　스포티지 차, 스폰지 차
부르며 비손하시는 어머니

스폰지 차를 쓰다듬으시면서는
　너헌티 딱 맞는 차다!
　그라지랍자, 나도 고로코롬 생각허요

저승은 멀다

코로나19 유행 시작할 무렵
간병인을 구할 수 없어
코로나 검사 후 노모 간병인으로 병원에 들어갔다
　집에서 기냥 죽게 놔두제,
　인자 나를 미국까지 끌고 왔냐?
　어무니, 여그는 서울이요
　서울여야? 서울도 징하게 멀다잉!
　그래도 아버지 계신 데보다는 가깝제
　저승이 더 멀디야?
　나도 안 가 봐서 잘 모르요만은,
　넘들 모다 멀다고 합디다

나 먼야 죽지 말게

노모가 넘어져 갈비뼈를 다쳐 광주의 한 병원에 입원을 하셔서 빈 시간을 틈 타 얼른 다녀왔다. 맏이인 나 대신 어머니 간병을 도맡아 하는 동생들. 나는 멀리 산다는 핑계로 늘 뒷전에서 걱정만 하지 한사코 오지 말라고 하는 어머니와 동생들. 다 나아서 괜찮다고 하시는 어머니. 시간도 없는데 오려고 하느냐며 말리는 남동생. 주말에 억지로 시간을 내서 아들 녀석과 함께 광주에 다녀왔다.

병실에 겨우 한나절 머물렀는데, 어머니는 그새 동네 사람들 얘기를 들려주셨다. 어머니랑 가까이 지낸 구십 대 중반의 OO 어머니가 얼마 전에 어머니 보러 집에 오셨단다.

시상에 OO 엄매는 나보다 열 살이나 더 먹었는디도 나 보고 잪다고 윗동네에서 우리 집까정 유모차 밀고서 왔더랑께. 내가 통 바깥 출입을 못 헌게
그 냥반은 건강하신 모양이지라?
응, 나보다 더 짱짱해! 그 엄매는 동네 호랭이여 호랭

18

이. 목소리도 쇳소리 난당께!

넘의 엄매는 건강하신디 우리 엄매는 아퍼서 으짜까.

이만치 산 것도 복이제. 내가 죽어야 느그덜 고상 안 헐 것인디, 또 고비를 넘겨주냐…. 그 엄매는 백 살 넘겄더라.

어무니도 백 살 넘게 살어야제.

나는 자신 읎어야. 그래서 그 엄매가 나보고 뭐라 한 줄 아냐?

무어라 합디요?"

동숭은 나 먼야 죽으믄 안 디야, 나 먼야 죽지 말게, 그 라더라

맞는 말씸이요. 죽는 건 나이순대로 죽어야지라…

그라제만 고것이 어디 맘대로 되야제…. 차라리 항꾼 에 가믄 좋겄는디…

겨우 한나절 머물고 서울로 돌아와야 하는 나

억지로 노모를 떼어 놓고 와야 하는 나

노모는 나와 같이 간 손주를 붙들고 끝내 눈물 바람 을 하고 마셨다

간병 기술

뭔 영문인지 모르겄다. 나 목욕 시켜 주고 기저귀 갈아 주고…

내가 여그 있은께 불편허요?

아녀, 뭣 땜시 직업을 바꿔 갖고 니가 여그 있는가 고것이 궁금허제

코로나 땜시 강의를 못 허요. 그 덕에 나는 어무니랑 같이 있은께 좋은디

근디 언제 이런 간병 기술은 배웠다냐? 조선 팔도에서 질로 바쁜 사람임시롱?

배워서 안다요? 해 보믄 알제!

미운 애기

어무니 기저귀 갈게 위로 쪼깐 올라갑시다! (노모, 몸을 들썩거린다) 으짜끄나 심들어서. 느그 엄매 노망이다 노망! 화장실 가서 싸믄 쓸 것인디, 꼭 여그다가… 나는 힘 하나도 안 들고 괜찮은께, 어무니 편한 대로 허쇼. 누에매키로 먹고 자고, 먹고 자고만 함시롱 싸기만 오살나게 싼다. 암만 혀도 내가 애기가 되아 부렀어야. 고것도 미운 애기제! 어렸을 때 넘들은 나보고 야물이라고 불렀는데 인자 변소도 못 가게 되아 부렀다. 으째 이 몸땡이는 이렇게 무겁다냐? 애기는 다 이쁘제, 어무니도 미운 애기 안 되았은께 맘 편히 잡수쇼. 니는 으짜든지 좋은 말만 한다

아이고 편하다!

밥 먹고 나믄 누워 있는 게 젤로 편하다
먹은 것 쪼깐 내려가믄 눕제 그라요
아녀, 그냥 눕제
그랄라요? 그라믄 눕혀 주께라
(침대를 내려서 눕혀 드리자)
아이고, 편하다!

으째 이케 안 죽어진디야!

으째 이케 안 죽어진디야!

니는 바뻐서 죽을 시간도 없은께
안 바쁜 내가 죽을라는디
으째 이케 안 죽어진디야!

나를 보자마자
눈물 흘리며 푸념하시는
요양 병원의 노모

노모의 전화

으짜든지
건강혀야제
몸 애낌시롱 살그라

2부
기다린 시간 기다릴 시간

부모

참고,
참고,
참고,

또
참고,

한 번 더
참고,

밀랍 인형

나는 이제 이대로 잠들면
일어나지 않을는지 모른다

일어나 앉아 있어도 자지 않는 건 아니잖아
(어머니의 눈물이 촛농처럼 녹아내려 나의 온몸을
덮는다)
난 이대로 미라가 된다. 아니,

어머니의 아들이 된다
밀랍 인형 같은

노모의 걱정

나는 자식이 여섯이나 된께
요놈저놈 들여다보는디
니는 으짤래?
자식이라곤 한나밲에 읎어서…
으짜겄소?
당하는 대로 살아야제

기도

메뚜기 이마빡만 한
우리 탯줄 묻힌 이 땅에
십자가는 솜털처럼 돋아나고
목탁 소리는 눈발처럼 흩날린다
밤이면 십자가 불빛 아래
하나님은 저잣거리 구경 가시고
산중의 명당을 모두 차지하신
부처님은 관광 개발 사업 구상 중
그래도 틈틈이 두 분 앞서거니 뒤서거니
나라 위한 무슨무슨 기도회 적지 않고
통일 위한 호국법회 늘 들먹이는데
반도 땅 등허리 쇠침은 뽑히지 않고
내출혈은 멈추지 않는다.
전지전능하신 하나님
자비로우신 부처님
우리 탯줄 묻힌 이 땅에
우리 몸뚱이 묻힐 이 땅에
당신들의 이름으로

기대 한번 걸겠나이다

어리석게도

인간의 일로 떼를 써 보나이다

저잣거리 구경 가신 하나님

관광 개발 사업 구상 중이신 부처님

당신들만이라도

시끄럽지 말고 묶지 말고

조용히조용히 너그럽게너그럽게

우리 탯줄 묻힌 이 땅을

우리 몸뚱이 묻힐 이 땅을

보듬아 주사이다

구경만 하지 마시고

구상만 하지 마시고

잿밥 염불

(빠른 염불)
대추곶감꼼짝마라
날만새면내것이다
(목탁, 딱따그르르)
진한연초제조위
태정태세문단세
(목탁, 딱따그르르)
갑을병정무기경신임계
자축인묘진사오미신유술해
(느린 염불)
대~추~곶~감~꼼~짝~마~라~
날~만~새~면~내~것~이~다~

그리움

하나님 아버지
부처님 할아버지
아들은
손자는
다가올 봄을 기다리지 않고
지나간 가을만 아쉬워합니다.

한글 세대 김현

쓰잘디도 없는 소설 나부랭이나 보고 있으믄 으짠디야
인자 대학생 되았은께 공부 열심히 혀서
금판사 되어 출세혀야제

그가 대학에 들어가자 사람들이 그러러
검사나 판사가 되어 출세해야 한다고 했다
검사나 판사가 출세의 지표?
그는 고개를 갸우뚱하면서도 소설책을 손에서 놓지
않았다

아직 뼈와 살이 채 여물지도 않았을 때에 들어와 박힌
진도 땅의 바람 소리와
여물어 가는 뼈와 살 속에 스며들던
목포 선창가의 갯내음 모두
손에 잡히진 않지만 문학 속에는 담을 수 있다고 생
각했다
그의 문학은 검사나 판사 되는 공부하곤 비할 바가
아니었다

마침내 그가 내뱉었다

　문학은 써먹을 데가 없어 무용하기 때문에 유용하다.
　모든 유용한 것은 그 유용성 때문에 인간을 억압하
지만,
　문학은 무용하므로 인간을 억압하지 않는다.
　그 대신 억압에 대해 생각하게 만든다.

옳거니!
억압에 대해 생각만 하게 해 주어도 그게 어딘가

살아생전 그를 못 만나고
장례식장에서 처음 만났다

한글 세대라 자부한 그,
그가 한글을 배운
진도국민학교에서 나도 한글을 배웠다
그때부터 나도 한글 세대!

조금난리의 여름

사흘 장마
열흘 장마
도랑물 넘쳐
실개천 넘쳐
온 동네 다 잠긴다
조금만 되면 물난리라 조금난리
나중엔 조금리

비 안 온다는 라디오
뉘 집에 있다냐

휴, 배, 부, 르, 다

오일장 서던 조금리
식당들 일찌감치 문 열어 장꾼들 맞을 준비
시오 리 산길 걸어 학교 가는 길
장날 조금리 지날 때엔 꼭 식당 앞으로 가
식당에서 새 나오던 음식 냄새
맘껏 들이마신 뒤
휴, 배, 부, 르, 다
장날마다 놓치지 않던,
오 일마다 배부르던 중학생 시절

진도 옥천극장

지난번 영화에서 죽은 배우
이번 영화에 다시 나오니
죽은 귀신 살아났다고
관객들 소스라치게 놀라
의자 밑으로 숨고 문 찾아 나가고

무화과

너는 몸속에 꽃을 피운다. 너의 속살은 너의 꽃이다. 이파리는 남의 속살을 가려 준다. 성경에, 선악과를 먹은 이들이 갑자기 부끄러움을 타게 되자 무화과 이파리를 썼다고, 나왔지. 서양의 옛 그림을 보면 무화과 이파리를 많이 썼더라. 내 고향 진도 집 골목에 저절로 자라던 무화과. 그래서 난 일찌감치 무화과 맛을 알았지. 겨울이 따뜻한 곳에서만 자란다는 무화과. 지금은 충청도 태안반도에서도 자란다는 무화과. 이러다가 한강 이북에서도 자랄지 모르겠다. 그러면 내가 잘 먹는 무화과 값은 더 내려가겠지. 좋은 건가, 나쁜 건가?

기다림

사람이 오지 않으면
짐승이라도 오려나
짐승도 오지 않으면
무얼 하며 기다리나
기다린 시간은 시계가 업어 가고
기다릴 시간은
끊긴 철길처럼 잡초 속에 누워 있고

3부

먼지의 도망

먼지

먼지는 자꾸만 앞으로 도망갔다
먼지 발걸음이 나보다 빠르다
집 비웠다가 열흘 만에 돌아오니
솜뭉치 같은 먼지가 안방을 차지하고
이리저리 걸어 다니고 있었다
먼지를 집으려고 살금살금 걸어갔지만
발이 움직일 때마다
먼지는 자꾸만 앞으로 도망갔다

시어머니와 며느리

노모랑 큰애기 때 한마을 동무였던 OO 엄매가 읍내 병원에 입원하셨다. 팔순 노인들이 입원하는 거야 으레 늘 있는 일이지만, OO 엄매가 입원하자 어머니는 더욱 심란하신 모양이다.

병문안 갔다 온 님들 말 들은께 배에 물이 찼는지 맹 꽁이 배맹키로 부풀어 올랐다는디, 얼마나 살란가 모르 제…

액쌍(불쌍)해서 으짠디야. 워낙 읎는 집으로 시집와 서 자석들 갈치도 못허고 지구나다(가까스로) 국민학 교백에 못 보냈는디, 그려도 그 자석들이 매달 생활비 보 내 줘 후불(말년)치레는 했는디…

그 전 해 겨울에 고향집에 갔을 때 OO 엄매가 거동 이 불편하신 노모를 보러 집에 오셔서 만난 적이 있다.

나도 여그저그 안 아픈 디가 읎제만 느그 엄매가 더

걱정이다야, 모실도 못 댕긴께…

　OO 엄매는 내 손을 다정하게 잡으며 엄매 보러 일부러 왔느냐고 치사를 아끼지 않았다. OO 엄매는 줄곧 '우덜 같은 늙은이가 뭐라고…' 하셨다. OO 엄매는 어머니보다 시집을 조금 늦게 왔다. 할머니 친정이랑은 먼 일가가 되었다.

　우리 동네로 시집올 거믄 나한티 시댁 사정 먼저 물어보제. 거그다가 우리 메느리가 지 큰애기 때 동무였담시롱

　할머니는 OO 엄매가 마을에서 가장 어렵게 사는 게 안타까우셨다. 그래서 며느리인 어머니 몰래 늘 '좀두리 쌀'을 퍼다 주셨단다. 어머니는 어머니대로 박 바가지에 쌀을 담아 시어머니인 할머니 몰래 퍼다 주셨단다. 그렇게 몇 해 동안 시어머니와 며느리의 쌀 퍼 주기 경쟁이 이어졌다. 서로 알고도 모른 체하면서…

사람 동물

나무로 기다랗게 홈을 파서 만든
개 밥그릇에 항상 밥이 남아 있었다
들과 산을 한참 뛰어다니다 집에 들어온 노랑이가
개 밥그릇에 남은 밥을 싹싹 훑어 먹는다

소가 아파 오토바이 타고 읍에서 왕진 온 수의사
부엌 정지문 앞 개 밥그릇 안의 개밥 보더니
  진돗개는 위장병이 잃어,
  지 위장을 삼분의 일 정도는 비워 놓거든

근데 돝아지는 주는 대로 다 먹는단다
워낙 뱃구레가 커서 늘 허기가 진단다

그럼 사람은요?
  사람은 돝아지만큼 뱃구리도 크지 않음시롱
  입 하자는 대로 마구마구 먹어,
  그러구선 속 거북하다고 까스활명수까지 마시제!
  사람은 돝아지보다도 못하단께. 소화제까지 먹는

것 보믄 알제.

쥐 잡기

옛날 옛적 갓날 갓적 얘기 같지만

어릴 적 가장 싫은 일 가운데 하나는

쥐 잡은 다음 쥐 꼬리를 잘라 학교에 내는 일

어떤 여자애는 엄마가 쥐 꼬리 못 가져가게 해서 그냥
왔단다

*어무니가 나 시집갈 때 쥐 꼬리 말려서 송곳집 혼수
해 준대요!*

매생이

매생이에 석화 넣고 뜨겁게 끓인 뒤
보릿고개 넘어가는 식구들 배부르게 먹인 매생잇국
구황식품 되어
꺼끌꺼끌한 보리밥 말아 먹던 봄날

속은 뜨거워도 겉은 부글부글 끓지 않던 매생잇국
그래서 미운 사위 오면 먼저 내놓던 매생잇국
매생잇국을 먹은 사위들의 일그러진 표정이
우스꽝스럽던 봄날

두엄 더미 속에서 비료 푸대에 싼 홍어
익어 가던 봄날

멍

자꾸만 감기가 들어오려고 해서
감기약 먹은 뒤
이불 뒤집어쓰고 하루 종일 뒹굴다가
목욕탕 뜨거운 물에 푹 담그는 게 좋을 듯하여
동네 목욕탕엘 갔다
온탕에서 나오자 더 기운 없이 가라앉는 몸
그냥 나갈까 하다가
생애 처음으로 때를 밀어 보았다
세신사로 명칭 바뀐 때밀이 아저씨
내 몸 구석구석 고고살살 쓱쓱 밀더니
(어느 대목에선 간지럽고, 어느 대목에선 아픈데도
 아무 소리 못 하고 가만히 있었다.
 세신사 이마엔 땀방울이 송글송글 맺히기까지 하니!)
마지막으로 내 목이랑 등짝이랑 만져 보더니
뼈가 가지런히 정렬이 잘 되어 있다고 덕담을 건넸다
그 순간 몸이 가벼워 감기가 다 달아나는 것 같았다.
집에 와서 보니 몇 군데에 멍이 들어 있다.
(얼마나 몰강스럽게 밀었으면!)

세신사, 멍이 들게 힘을 썼으니
아침과 저녁 몸무게가
사 킬로그램이나 차이 나는 것 당연!
(근께 말이시)

소와 꽃뱀과 낙지

지금이야 모내기도 기계가 하지만
소가 다 책임져야 할 때는
날마다 이 집 저 집 일하느라 소가 지친다
소가 지치면
추수 끝난 보리밭 뒤져 꽃뱀 몇 마리 망태에 담아 오고
바닷가 뻘밭에 가서 낙지 한 동이 이고 온다
장정들 몇 달려들어 소 입 벌린 뒤 목구녁으로
꽃뱀 밀어 넣고 낙지 쏟아부으면
소가 벌떡 일어나 다시 일 나간다.
초식동물한테 꽃뱀과 낙지가 무슨 소용?
배 속에서 뱀과 낙지가 꿈틀거려 그랬을까?
개 풀 뜯어먹는 소리가 틀린 줄은 알았지만
(개도 풀을 먹더라)
소가 꽃뱀을?
소가 낙지를?
그 소랑 십 년 이상 호흡 맞춰 가며
쟁기질해야 하는 아저씨 애 터져서 농약 마셨다는 소
식 들은 날

여름의 그림자

여름, 해 길었다
배, 홀쭉했다
숟가락 놓고 돌아서면 바로 배고프던 어린 날
물때 맞춰 양동이 이고 바닷가로 가던 할머니, 어머니
그림자가 내 키만큼 자랐을 때
양동이엔 거무스름한 칠게가 한가득
간장 부어 짭조름하게 해서 먹던 여름 반찬
반찬인데 밥 대신 마구마구 먹던 내 형제들
감나무에서 떨어진 떫은 감을 물에 우리고
논두렁 물꼬에 모인 미꾸라지 건져 온 것
방아 잎 넣어 끓이던
추어탕과 함께 먹던 여름 저녁

칼치, 갈치

부엌 정지문 앞에 대롱대롱
칼처럼 매달려 있던 칼치
마당을 쓸고 가는 바람에 간이 배고
동네 온갖 소문에 꼬들꼬들 말라 가던 칼치
싹둑 한 도막 잘라 갈치가 되어
아궁이 석쇠 위에 올라가면
몸을 뒤집으며
식구들 입맛을 다시게 하던, 칼치
아니, 갈치

뭐라고?

가난하다고 느끼는 것조차
사치라고?

그렇게 느끼는 것조차
버려야 된다고?

버리고, 버리고 나야
부자가 된다고?

얼굴

못나도 못나도
저렇게 못났을까
거울을 보면
정말 화가 난다
내가 왜 이렇게 못났지?
이래 가지고도 사람이야?
허참, 어이없다
작심을 하여
수술을 하자, 아플 텐데?
참아야지
(마음이 얼굴에 나타났다고?)
―얼굴이야 두 손으로도 가릴 수 있는 것

소나기

안양 평촌에서 오전에 강의한 뒤
양평 용문에 강의 있어 바로 가야 했다
점심 먹을 시간이 나지 않아 빨간 신호등이 들어와
차가 설 때마다
운전대 잡지 않은 손으로 군음식을 입으로 가져가 쑤
셔 넣었다

양평 두물머리 지날 때 소나기가 주르륵
황순원의 소설 '소나기'를 본따 '소나기 마을'을 조성
한 곳, 양평
그래서 때맞춰 소나기가 내렸을까?
실없는 생각을 하면서 세찬 소나기 내리는 빗길을 조
심조심 운전했다
소화 덜 되어 더부룩한 배 속도 조심조심 달래 가며
가까스로 용문터널에 이르렀다

용문터널이 용의 문일까?
무협지에 나오는 성의 관문 같다

용문터널을 빠져나가자 드디어 용문이 나타났다

어찌저찌 강의 끝내고 휴대전화 켜자마자
문자 메시지 알림 소리가 소나기 되어 주르륵
코로나19 확진자 수가 날마다 최고치를 경신하고 있어
2주간 강력한 거리 두기를 한다는 문자
2주간 강의 못 하니 가을로 강의 연기한다는 문자
'길동무' 강연 취소한다는 문자
코로나 잠잠해지면 일정 다시 잡겠다는 출판사 편집
자 문자
만나지 말고 전화로 인터뷰하자는 문자
2주 뒤로 회의 연기하자는 문자
비대면 줌으로 온라인 강의를 하겠다는 문자
난, 넘어진 김에 쉬어 가고 싶었다
그래서 비대면 줌 강의는 안 한다고 답 문자를 보냈다

마침내 용문을 떠날 시간
천천히 용의 문을 빠져나오자

희끄무레한 북한강이 용처럼 누워 있다
강물이 불어난 듯하다
오늘 여러 번 만난 소나기 탓일 게다

조도바

고향 마을에서 마을 사람들과 울력을 하는데
할머니들이 머리칼이 곱슬곱슬한 젊은이를 보고 한
마디씩 하신다
할머니들은 '아짐'이라고 우기지만, 웬만하면 칠십이
훌쩍 넘으셨다

조도바야! 니 머리 어디서 했냐?

조도에서 왔다고 조도바라고 불리는 젊은이
쑥스러워 웃는다

그냥 저그 읍내 갔을 때…

*동숭은 뭔 그런 것을 물어보고 그랴? 미장원에서
했겄지. 요새 이발소를 누가 가기나 하남*

*이발소고 미장원이고 무신… 조도바 즈그 엄매가
해 줬구만*

맞단게. 즈그 엄매가 날 때부터 저러코롬 맨들어 쥐
서 일도 잘허제!

원래… 머리가… *(조도바가 히죽히죽)*

곱슬머리로 태어난 게 일 잘하는 거랑 무슨 상관일까
나도 속으로 *(히죽히죽)*

4부

눈사람 되어 서 있다

말

향리의 노인들
듣기 싫은 소리 한 뒤엔
'말이 그렇다는 말이다!'
하면서 달래셨지.
속내는 다르니까
겉으로 내뱉은 말에
너무 붙들리지 말라는 속내?

한글날

　친정어머니가 딸네 집에 가려고 택시를 잡았단다. 짐을 가지고 어렵게 택시를 타긴 했는데 딸네 아파트 이름이 얼른 떠오르지 않았다. '씨티 빌리지' 아파트인지 '씨빌 빌리지' 아파트인지 잘 생각나지 않았다. 그래서 더듬거리다가 어디어디 고개 너머 있는 '씨발놈 아파트'로 가자고 했단다. 운전기사가 웃으면서 '아, 씨티 빌리지 아파트요!' 하길래, '씨발놈 아파트 아시요?' 하면서 한숨을 내쉬었다.

　'마트'에서 장을 본 뒤 어렵게 택시를 잡아탔다. 택시기사, 바로 전 승객 이야기를 들려주었다. 딸 집에 간다는 할머니가 행선지를 말하면서 더듬거렸다. '고개 너머 있는 씨티 빌리지 아파트인지 씨빌 빌리지 아파트인지 하는 덴데…, 그래서 기사가 '아, 씨발놈 아파트요!' 그랬더니 할머니가 '맞아요! 맞아요!' 기사도 아파트 이름이 잘 안 외워져서 '착' 하면 '척'이고, '개떡'같이 말해도 '찰떡'같이 알아듣도록 애썼단다. 나는 '씨발놈 아파트 지나서 오른쪽 골목으로 갑니다.'라고 공손하게 말했다.

하필 한글날이었다.

촛불

하품, 아니면
재채기 쏟으며 보니
살아 있는 사람들은
더러
촛불을 밝힌다.
(죽어 있는 사람들은
깜깜한 밤중에도
촛불이 필요하지 않다)

미련

비 내리는 날 머리를 깎았지
난 중이 되고 싶었거든

그런데 중은 못 되었어
하늘이 맑게 개어 버렸거든

재미

바둑 기사 이세돌과 인공 바둑 기계 알파고가 대결
하고
이세돌이 은퇴할 때에도 인공 바둑 기계와 대국했다
세상이 얼마나 재미없으면 사람과 기계가 붙을까?
소설 '장미의 이름'으로 익숙한
이탈리아의 소설가 움베르토 에코
당신의 소설엔 왜 성애 장면이 없죠?
하하, 나는 그걸 묘사하는 것보다
실제로 하는 게 더 재미있습니다.
인공 바둑 기계가 바둑의 재미를 알까?

아우라

    설을 맞아 고향 마을에 들어서자 늙은 소나무와, 바람 소리 그득한 들녘과, 오래 산 노인들이 맞아 준다. 살아서 숨 쉬는 그들, 아무 밭에나 들어가서 두어 포기 뜯어 온 봄동 배추에, 술도가에서 막 걸러 온 검정 쌀막걸리에, 진도 서천 간재미무침에, 석화를 넣어 끓인 매생잇국 모두…

미우면 다시 한 번

미워도 다시 한 번이
아니라
미우면 다시 한 번
미우면
기어코, 다시 한 번

변두리 싸구려 삼류 극장
(21세기 되기 전엔)
푸짐해서 좋았다

조문

나의 첫 대통령 떠나신 날
방명록에
그동안 행복했습니다, 라고 적는다

떨린다
아깝다
아쉽다
분하다, 이천구년 팔월
서울시청 광장

한용운과 최남선

1919년 3월의 기미독립선언서를 작성했던 최남선. 그도 변절하였다. 일본과 조선의 조상은 같은 뿌리 운운하며 친일파가 되었다. 그 무렵 한용운이 길을 가다 최남선을 만났다. 최남선이 아는 체를 하며 반가워했지만 한용운은 알은체는커녕 아무런 대꾸도 없이 가던 길만 계속 걸어갔다. 그러자 최남선이 뒤쫓아 가 한용운에게 최남선이라며 확인시키는 말을 했다. 그때에 비로소 한용운이 대꾸했다.

최남선이라고요? 내가 아는 최남선은 몇 년 전에 장례 치렀는데요!

최남선은 머쓱한 모습으로 한용운의 뒷모습만 바라보고 서 있어야 했다나 어쨌대나.

가슴 아프게

어릴 적, 대한민국 가수 남진이 노래 '가슴 아프게'를 부를 때 나는 가슴이 아프지 않았다. 가수가 가슴 아파하는 시늉을 하느라 가슴에 손을 대고 고개를 갸웃거리며 떨구는 모습이 우스꽝스러웠을 뿐. 세월이 흘러, 일본국 총리 기시다가 서울에 와서 '가슴 아프게' 생각한다고 했다. 그러나 기시다는 일제 강점기 때 강제 동원 되어 고초를 겪은 피해자들에게 미안해하는 시늉조차 하지 않았다. 일본 제국 신민들이 식민지 조선에 와서 여러 어려움을 겪은 게 안타까워서 그리 말했는지 모른다. 그는 '혹독한 환경 (…) 다수의 분들 (…) 힘들고 슬픈 경험'을 들먹이며 '가슴 아프게' 생각한단다. 아무리 봐도 주어가 없다. 우스꽝스럽지도 않다. 얼척없을 뿐이다. 옛말 그른 것 하나도 없다. '개를 따라가믄 꼭 똥간으로 가더랑께!'

눈사람

그대
그렇게도 떠나고 싶어
눈송이에 묻어 온
하늘 끝 사연까지
외면하며
저쪽 마른 석류나무 옆에
눈사람 되어 서 있는데

내 가슴으로
눈사람 하나쯤이야
몇 번이고 녹일 수 있다지만
물 되어 스러지는
그대의 가녀린 몸까지는
차마 볼 수 없어

봄 되어 저절로
녹기 전에 어서 가오
눈 오는 날, 그대

녹아내리지 말고
눈송이 툭툭 털어 가며
발자국이랑 남더라도
돌아보지 말고 그냥 가오

그대가 외면한
하늘 끝 사연 묻어 온
눈송이 몇 줌이며
발자국일랑 금방 덮이어
봄 되도록 아픔도 덮이니

겨울을 나며

겨울 하늘에
눈발 한번 서지 않고
어쩌다 찬비라도 한 줄기
시원히 내리지 않고
억지 맑음 아니면 거짓 따뜻함으로, 슬쩍
겨울다움이 잊힌 탓에
난, 그리워지는 것들은 벽 쪽에 걸어 두고
애써 등 돌려 돌아눕는다
지난겨울에도 그해 겨울에도
그리고 올겨울에도 눈은 오지 않아
어쩌자고 비까지 내리지 않아 해마다
그리워지는 것들은 모두
벽 쪽에 걸린다
오늘도 구들장 온기는 정직하게
미지근한 그만큼의 크기로 나를 보듬지만
난, 벽에 걸린 그리움을 다시 안을 수 없어
그리움이 빠져나간 손을 뻗어
저녁때 집배원이 배달해 준

문예 잡지의 소설 속에서
벌거벗은 알몸뚱이 하나만으로도
야무지게 사는 여자 사람의 얘기나
더듬거리고 있어야 한다
벽을 사이한 골목에선
두런거리는 바람 소리가
겨우 겨울다움을 말하지만, 난
애써 등 돌려 벽을 외면한 채
눈 오지 않는 이 겨울을 나야 한다
어쩌자고 비까지 내리지 않는
겨울을 나야 한다.

유연하고 속 깊은 성찰의 세계

정우영

유연하고 속 깊은 성찰의 세계

정우영(시인)

1.

시에 들어가기 전에도 준비 작업이 필요하다. 읽든 쓰든 무작정 펼쳐 들어서는 곤란하다. 시가 자기 얼굴을 잘 드러내지 않는 것이다. 나는 나 자신을 내려놓거나 생각을 비워 두려 애쓴다. 그럴 때 내게 찾아온 어휘가 '깊은 심심함'이었다. 발터 벤야민이 '경험의 알을 품고 있는 꿈의 새'라고 불렀다는, 그 '깊은 심심함'. 맞아, 심심해야지. 더 깊이 심심해야지. 나는 연신 고개를 주억거렸다. 부산하고 번다스러워서는 시와 대면하기 쉽지 않은 것이다.

자본주의 사회의 이 고단한 현실 속에서 무슨 한가한 소린가 하는 분도 있을 것 같다. 이는 '심심함'이라는 말의 뜻을 '지루하고 따분하다'는 쪽으로만 해석하신 것이라고 말씀드리고 싶다. '심심함' 속에는 '매우 깊고 간절하다'는 뜻도 또한 들어 있다. 나는 이 뒤편을 끌어당겨 품고자 한다. 내가 말하는 '깊은 심심함'에는 심저에 잠겨 무언가를 찾고자 하는 심심心深함과 심심心尋함이 두루 스미어 있다. 한가하게 그저 침잠하라는 게 아닌

것이다. 여기를 살되 나와 나의 바탕을 깊이 성찰하며 그 심연을 들여다보자는 청유라고 할까.

당연하게도 이때의 심심함은 결코 단절이 아니다. 유폐와 개방을 자유롭게 넘나드는 적극적인 사유의 행보이다. 세간을 떠난다기보다는 그 세간 속 시비를 바르게 헤쳐 가고자 하는 까닭이다. 번잡하고 시끄러운 도회지의 삶을 살고 있다면 이는 반드시 체화體化해야 할 덕목 아닌가 싶기도 하다. 시를 '무엇인가의 고임'으로 받아들이는 사람이라면 더욱더. 닫아야 열리는 것들이 있는데, 시 쓰기가 특히 그렇다고 나는 믿는다. 글은 난장에서 배태될 수 있지만, 쓰여지는 순간에는 나만의 심심한 시공간이 열리지 않으면 안 된다.

이런 면에서 나는 '깊은 심심함' 속에 머물러 시인이 스스로를 성찰할 때 그의 시도 익어 갈 것이라 본다. 그러니 자신 속의 말과 서사가 시의 고갱이로 자라기를 바란다면 시인은, 일부러라도 '깊은 심심함'에 빠져들 필요가 있다. 그 처소에 깊이 잠겨 눈과 귀를 닫아걸고는, 자연과 생활과 물상의 그림자들을 묵연히 받아들이는 것이다. 기존을 답습해서는 나만의 독창성을 적어낼 수가 없다. 문득 중지하고 나를 끊어내야 한다. 나는 현실이되 나의 시는 이 현실을 딛고 그 현실을 넘어서야 하는 것이다.

이처럼 이제서야 나는 '깊은 심심함'에 눈떠 가고 있는 참인데, 이미 한참 전에 그 경지에 다다른 이가 있다. 박상률. 그는 아주 오래전부터 이 세계를 살고 있는 것처럼 보인다. 그의 목소리와 움직임, 매무새 등이 다 심심함 쪽으로 기울어져 있는 것이다. 오래 묵은 심심함이 체질화된 것처럼 그는 혼자 있을 때조차 흔연하다. 언제 어디서든 표 나거나 티 나지 않는 것이다. 하지만 그의 속은 깊고 태도는 진중하며 눈곱만치도 거드름이 없다.

2.

그러면 그의 시는 어떨까. 사람이 심심한데 시라고 다르겠어? 이렇게 생각하기 십상인데, 과연 그럴까. 일단 드릴 수 있는 말씀은, 그가 비유나 묘사도 닿지 않는 그 너머를 보고자 한다는 것이다. 무심의 시를 추구하는 건가 싶을 만큼 그의 시는 보폭이 자유롭고 부드럽다. 그뿐인가. 그의 시는 가벼운 듯 벅차다. 허투루 읽다가는 본체를 놓치기 십상이다. 예컨대 이런 시.

참고,
참고,
참고,

또
참고,

한번더
참고,

—「부모」 전문

　동원된 어휘도 그렇고 시의 구조도 그렇고 단순하기
이를 데 없다. 잘못 읽으면 '이 시는 뭐지?' 이런 생각이
들 만큼 간단하다. 한데 가만히 소리 내어 읊조려 보시
라. 묘하게 끌린다. 그러다가 마주치게 될 것이다. '참고,'
와 '참고,' 사이에 스며드는 저 수많은 일상과 추억들을.
부모와 나 사이에 얽혀 있는, 숱한 삶의 표정들이 겹치
고 겹쳐 떠오르는 것이다. 부모와 나 사이를 이어 온 끈
은 다른 게 아니었다. "참고,/참고,/참고," 또 참았던 부모
의 숨, 그것이었다. 이 숨이 나에게로 이어지고 후대에게
전승되어, 여기 우리가 있고 내일 너희가 있는 것이다.
　이 시의 '참고'를 인내로만 읽는다는 건 시의 겉을 스
쳐 지나치는 것에 다름 아니다. 부모는 물론, 다 참고 자
식을 기른다. 하지만 그 인내의 밑바닥에는 '숨'이 깔려
있다. 부모들은 내 숨을 참고 견디는 그 힘으로 자식인
너를 기르는 것이다. 내 숨을 참고 너를 향할 때라야 비

로소 온전히 네가 보이고 네 마음의 소리가 들린다. 그러니 어찌 부모가 온전히 자기 숨을 쉴 수 있으리.

나는 '참고,'에 이어지는 빈 행간에서 부모의 걱정과 기대와 생활을 읽는다. 비어 있는 칸칸마다 사연이 숨어 있고 그 여백에는 노심초사의 세월이 담겨 있다. 게다가 이 드라마는 끝이 없다. 마지막 "참고,"를 보자. 마침표가 아니라, 쉼표가 찍혀 있다. 부모는 죽은 다음에도 차마 이 세상의 숨을 놓지 못한다는 뜻일 게다. 쉼표의 몸짓이 부모의 가없는 살핌 같아 절로 맘이 아리다. 그가 깊이 눌러 적은,'참고,' '참고,' '참고,'를 거듭 되뇌며 나는 부모의 두터운 사랑을 체감한다. 저 빈칸의 안타까운 나열들을 보라. 평생 동안 나를 지켜보는 부모의 마음이 한가득 실려 있지 않은가.

나는 수많은 언어와 감정과 서사를 압축하고 덜어 '참고,'에 담은 이 작품에서 그의 '깊은 심심함'을 읽는다. 그는 사회관계망 서비스에 올린 글에서 이렇게 쓴다. "다 말하지 말자"고. 그는 "그냥 맬겁시 싫다"며, "혀농사를 짓고 살아야 하는" 입장에서는 "말을 안 하고 살 수는 없지만, 글농사 지을 때에라도 말을 덜 하고 살려고 애쓴다."(박상률 시인의 페이스북에서 가져옴.)고 얘기한다. 다 말하는 게 맥없이 싫다고 표현하지만, 내가 보기에 이는 심심함에 깃든 자의 외적 표출이다. 간추리고 다듬고 막고 줄여서 스스로를 갈무리하고자 하는 것이다. 체화된 심심함의 단아한 노출이라고 할까.

그렇다고 해서 그의 시가 다 「부모」 같은 구성을 갖는 것은 물론 아니다. 시의 함의에 따라서 그는 다채롭게 시의 결을 수놓는데, 은근한 풍자와 해학도 그 중 한 갈래이다.

> 아버지의 옛 친구가
> 아버지 돌아가신 줄 모르고 전화했다.
> 어머니가 전화 받자 안부 나눈 뒤
> 친구 바꿔 달라고 했다
>
> *산에 있어 전화 못 받지라*
> *언제쯤 돌아온다요?*
> *안 돌아오지라. 인자 산이 집이다요*
> *예? 그람, 죽었단 말이요?*
> *그케 되았지라*
>
> ——「그케 되았지라」 전문

내가 구분하는 방식으로 말하면, 그는 시를 은근슬쩍 내려놓는 유형이다. 직진도 없고 안달하지도 않는다. 다만, 느긋하게 제시할 뿐이다. 저 시의 어머니처럼. 아버지 친구의 뒤늦은 전화에 응대하는 어머니를 보라. 슬픔을 지그시 눌러 놓고 있다. 2연의 저 대화로만 살피면, 마치 남의 일 같다. 그러나 저 말씀, "인자 산이 집이다요"에 담긴 체념과 그리움의 무게를 숨길 수는 없다. 여기가 집이어야 하는 사람이, 산이 집이 되었다. 어찌 애간장이 녹지 않으리. 그러면서도 어머니는 "언제쯤 돌아온다요?" 하는 물음에 단호히 답한다. "안 돌아오지라." 아버지의 부재를 인정하고 싶지 않은 안타까운 심정이로되 현실은 현실이다. 냉정한 인식이 아닐 수 없다. 어쩔 것인가. 이미 "그케 되았"는 것을. 부정한다고 해서 죽은 사람이 살아 올 수는 없는 일. 어머니는 툭 내려놓는 것이다. "그케 되았지라" 하고.

나는 이것을 고도의 해학이라 여긴다. 쓸쓸한 미소를 절로 입가에 머금도록 하지 않는가. "그케 되았지라"는. 이처럼 감정의 편차를 위에서 아래로 툭 떨어뜨려 마음에 파문을 일으키는 것. 이런 것이 고도의 해학 아니고 무엇이랴. 해학은 그런 점에서 여기를 살며 저기를 건너가는 삶의 지혜가 아닐 수 없다. 박상률은 어머니라는 전통에서 아주 값진 삶의 지혜를 넘겨받은 것이다.

고향집 마당에
스포티지 차 몰고 들어서자 차 앞에

북어 실타래 놓고
술상 차려 빌고

막걸리 부어 주며
무사고 기원하시는 어머니
오십 다 되어서야 내 이름 달고 산 차
후반 인생 보드라워야 한다고
스폰지가 물 빨아들이듯
어려움 닥쳐도 보드라워야 한다고
스포티지 차, 스폰지 차
부르며 비손하시는 어머니

스폰지 차를 쓰다듬으시면서는
너헌티 딱 맞는 차다!
그라지랂자, 나도 고로코롬 생각허요

　　　　　　　　　　　　　　—「스폰지 차」 전문

　시인의 어머니 중에는 시적 직관과 감성이 뛰어난 분
이 적지 않다. 김용택과 김용만 형제 시인의 어머니, 이
정록 시인의 어머니가 아마도 대표적일 터인데 박상률
시인의 어머니도 이에 못지않다. '스포티지' 차를 '스폰
지' 차로 변환시키는 능력이 아무에게나 주어지지는 않

는다. "스폰지가 물 빨아들이듯/어려움 닥쳐도 보드라워야 한다고" 비손하면서 어머니는 '스포티지 차'를 바로 '스폰지 차'로 바꾸어 버린다. 언어 감각이 얼마나 빼어난가. 그러고는 아퀴 짓는 것이다. "너헌티 딱 맞는 차다!"라고. 그러니 박상률 시인인들 어쩌겠는가. "그라지람자, 나도 고로코롬 생각허요" 할 수밖에는.

이와 같은 어머니의 피를 물려받았으므로 그는, 배곯던 시절의 고충마저도 해학으로 넘어설 수 있었던 것이다.

> 오일장 서던 조금리
> 식당들 일찌감치 문 열어 장꾼들 맞을 준비
> 시오 리 산길 걸어 학교 가는 길
> 장날 조금리 지날 때엔 꼭 식당 앞으로 가
> 식당에서 새 나오던 음식 냄새
> 맘껏 들이마신 뒤
> 휴, 배, 부, 르, 다
> 장날마다 놓치지 않던,
> 오 일마다 배부르던 중학생 시절
>
> —「휴, 배, 부, 르, 다」전문

해학으로 푼다고 하지만 떠올리기만 해도 괴로운 풍정風情들을 다시 불러내어 시로 적는다는 게 쉬운 일은 아니다. 맘이 시리기 때문이다. 이 시를 쓰면서 시인도 그러했을 것이다. 살아내느라 실로 만만찮은 나날들이 그를 압박해 왔을 터이다. 게다가 곯은 배 움켜쥐던 시절들 얘기라니. 그러나 그는 쓴다. "휴, 배, 부, 르, 다"라고. 역설과 해학으로 그 너머를 들여다보는 것이다. 맞다. 이 시절을 기억하지 않으면 우리에게 어찌 미래의 삶인들 온전할 것인가. 한국전쟁의 참화 여파로 늘 가난했으며 배고픔이 일상이었던 저 시절이 우리 역사에서 다시 반복될 수도 있다. 반역사적이고 비민주적인 반동은 쉬 사라지지 않는다. 우리가 그날의 아픔을 구체적으로 상기하고 기록해야 하는 이유이다. 그가 이 시를 적어 놓지 않았으면 내가 어떻게 그와 같이 저 시 속에 들어 음식 냄새를 맡을 수 있겠는가. 저 "시오 리 산길 걸어 학교 가는 길" 함께 걸어 "장날 조금리 지날 때엔 꼭 식당 앞으로 가/식당에서 새 나오던 음식 냄새/맘껏 들이마신 뒤/휴, 배, 부, 르, 다" 헛배를 두드릴 수 있었겠는가.

그의 해학적 풍모는 현재 진행형이다. 나는 이 점이 무척이나 반갑다. 우리 삶의 세태를 슬근 쳐서 충격파를 던지곤 하는 것이다. 아래의 「한글날」 같은 작품들이 대표적인데, 이런 작품들은 미소마저 절로 번지게 이끈다.

친정어머니가 딸네 집에 가려고 택시를 잡았단다. 짐

을 가지고 어렵게 택시를 타긴 했는데 딸네 아파트 이름
이 얼른 떠오르지 않았다. '씨티 빌리지' 아파트인지 '씨
빌 빌리지' 아파트인지 잘 생각나지 않았다. 그래서 더듬
거리다가 어디어디 고개 너머 있는 '씨발놈 아파트'로 가
자고 했단다. 운전기사가 웃으면서 '아, 씨티 빌리지 아파
트요!' 하길래, '씨발놈 아파트 아시요?' 하면서 한숨을 내
쉬었다.

  '마트'에서 장을 본 뒤 어렵게 택시를 잡아탔다. 택시
기사, 바로 전 승객 이야기를 들려주었다. 딸 집에 간다는
할머니가 행선지를 말하면서 더듬거렸다. '고개 너머 있
는 씨티 빌리지 아파트인지 씨빌 빌리지 아파트인지 하는
덴데…, 그래서 기사가 '아, 씨발놈 아파트요!' 그랬더니 할
머니가 '맞아요! 맞아요!' 기사도 아파트 이름이 잘 안 외
워져서 '착' 하면 '척'이고, '개떡'같이 말해도 '찰떡'같이
알아듣도록 애썼단다. 나는 '씨발놈 아파트 지나서 오른
쪽 골목으로 갑니다.'라고 공손하게 말했다. 하필 한글날
이었다.

—「한글날」 전문

  우리말의 현주소를 아프게 보여 주는 작품이다. 최근
한국 사회에서는 외국말인 영어가 상류 말인 것처럼 쓰

인다. 한글은 그저 기호에 불과한 것인가 싶을 만큼 곧
잘 하대 취급을 받는다. 영어식 표기가 상류 사회의 한
표징인가 싶어 안타깝기도 하고 밸도 꼴린다. '씨티 빌리
지, 씨빌 빌리지' 해야만 가치가 높아지는가. 전혀 그렇
지 않다. 이는 사대 근성의 발로에 불과하다. 어울림, 푸
르지오, 하늘채… 부르기 쉽고 알기 쉬운 한글 이름들
얼마나 좋은가. 그래서일까. 시 속의 '씨발놈 아파트'라
는 표현에 속이 다 시원하다. 그런 점에서 이 시는 영어
식 표기에 눈 벌건 사대주의자들을 향해 날리는 종주먹
질 같다.

3.
　박상률의 시는 이처럼 유연하나 속이 깊다. 싱겁게 적
어 가는 것 같지만, 알고 보면 사회의 이면을 들추어내
어 경종을 울린다. 나는 이러한 작품의 바탕에 '깊은 심
심함'이 서려 있다고 본다. 무겁고도 날카로운 문제의식
같은 걸 찬찬히 묵히고 가라앉혀서 실로 가볍고 단순하
게 시화하는 것이다. 그러나 내용적으로는, 매우 깊고 간
절하게. 나는 이러한 시의 속내가 복잡하고 두터운 무중
력 시들보다 몇 갑절이나 낫다고 여긴다. 아래의 「마중」
같은 시에 내 맘이 더 얹히는 것은 그 때문 아닐까.

맨드라미꽃

벼슬 붉어

닭 벼슬마냥 붉어

초가을 햇살에 녹아나는 날

뒷집 할머니

꽃상여 타고 가셨다

뒷산으로

뒷산으로

뒷산으로

오래전 뒷산에 가신 할아버지

아직 안 돌아오셨다

할머니 꽃상여 보면

마중 나오시려나

—「마중」 전문

　　이 시에는 공포가 없다. 죽음과 소멸에 대한 근원적
인 두려움이 제거되어 있는 것이다. 그저 삶의 일부인 것
처럼 그려진다. 여기서 살다가 죽으면 저기 뒷산으로 마
실 가는 것이다. 지워지거나 잊히는 게 아니라, 다만 머
물 공간을 옮겨 가는 것에 불과하다. 그러니 오래전 뒷
산 가신 할아버지도 살아 계신 이들처럼 할머니를 마중
나오실 수 있고. 이런 게 사람답게 사는 것 아닐까. 너와

더불어 함께 여기를 살다가 때가 되면 저기로 건너가는 삶. 죽는다는 게 영영 이별이 아니고 다만 저기 자연으로 공간을 옮길 뿐인 세계.

나는 박상률 시의 속내가 여기에 놓여 있구나 짐작하면서 그가 써 나갈 다음 시에 아연 솔깃해진다. 그가 적어 가는 독자적인 시의 행보에 이때만은 내 눈과 귀 한껏 열어 둘 테다.

그게 되았지라

2024년 8월 28일 1판 1쇄 펴냄
2024년 10월 28일 1판 2쇄 펴냄

지은이	박상률
펴낸이	김성규
편집	김안녕 조혜주 한도연
디자인	신혜연
펴낸곳	걷는사람
주소	경기도 용인시 기흥구 동백중앙로 358-6, 7층 (본사)
	서울 마포구 월드컵로16길 51 서교자이빌 304호 (지사)
전화	031 281 2602 / 02 323 2602
팩스	02 323 2603
등록	2016년 11월 18일 제25100-2016-000083호

ISBN 979-11-93412-50-3 04810
ISBN 979-11-89128-01-2 (세트)